ODES

ALPESTRES

PUBLIÉES PAR

ALPHONSE CALLIGÉ

AVOCAT

A L'OCCASION DU RENDEZ-VOUS DES CLUBS ALPINS A ANNECY

LES 13, 14 ET 15 AOUT 1876.

———— ～∞⌀∞～ ————

ANNECY

IMPRIMERIE J. DÉPOLLIER ET Cᵉ

——

1876

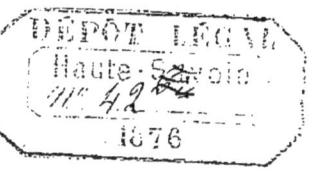
ODES

ALPESTRES

PUBLIÉES PAR

ALPHONSE CALLIGÉ

AVOCAT

A L'OCCASION DU RENDEZ-VOUS DES CLUBS ALPINS A ANNECY

LES 13, 14 ET 15 AOUT 1876.

ANNECY

IMPRIMERIE J. DÉPOLLIER ET Cᵉ

—

1876

39673

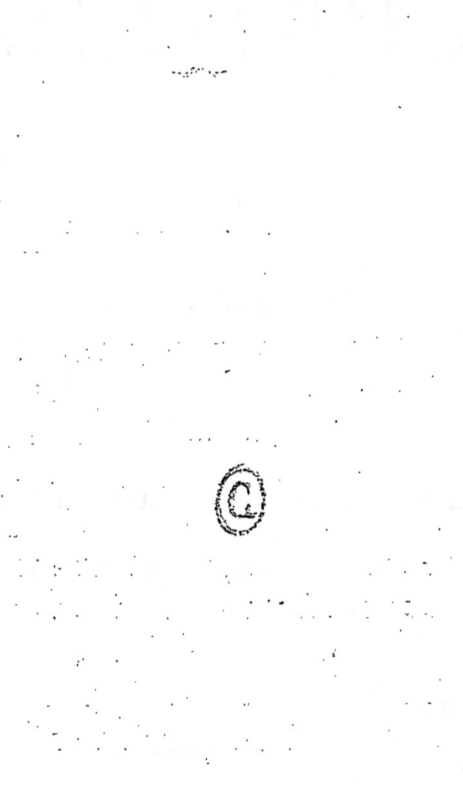

A LA SAVOIE

La Savoie est la grâce alpestre.
V. Hugo.

Salut terre des hautes cimes!
Des lacs, aux bleuâtres regards,
Des torrents, brisant aux abîmes,
Leurs rauques foudres, en brouillards.
Monts! où l'aigle de la lumière,
Orgueilleux, suspendant son aire,
Ouvre et ferme son œil de feu;
O terre de force et de grâce,
Elevant l'homme dans l'espace,
Ne l'approches-tu pas de Dieu ?

Et quelles plus fières images,
O Dieu! de ton éternité,
Que ces monts qui, bravant les âges
D'une immuable majesté,
Et dans l'azur, gardant leur neige
Que le temps, impuissant, assiége;
Epanchent, sans trève, le cours
De l'onde, qui se précipite,
Aussi rapide que la fuite,
En pleurs de l'homme et de ses jours !

Ondés! qui montant, éperdues,
Comme les flots des hautes mers,
Dormez sans rumeurs, suspendues
Par la main de Dieu dans les airs,
Océans aux vagues de glace,
Dont les aigles, fendant l'espace,
Seuls, sont les hardis matelots;
Quel homme ne courbe la tête
Sous Celui qui, dans leur tempête,
Glaça, pétrifiés, vos flots?

Comme on voit tes cîmes sereines,
O Savoie! éblouir l'azur,
Alors que, déjà, sur les plaines,
Le soir étend son voile obscur;
Et, sur les brumes qu'il domine,
Comme, encor, ton front s'illumine,
L'âme ainsi garde sa clarté
Dans tes altières solitudes,
Près de Dieu, loin des multitudes,
Et plane sur leur vanité.

Et quels tableaux, à la pensée,
Ta nature offre, en traits épars,
La vie est l'onde dispersée
A l'abîme obscur, en brouillards;
N'est-ce pas, de chaque homme l'heure
Qui, dans la voix du torrent, pleure,
Et perd son râle dans les airs;
Puissance, gloire ou renommée,
S'écroule, avalanche en fumée,
Plus rapide, des sommets fiers.

Comme l'onde, aux rocs déchirée,
S'endort, au sein des lacs d'azur,
Réflétant le ciel, délivrée
D'un orageux limon, impur,
Ainsi l'âme, échappée au monde,
Repose dans ta paix profonde,
O Savoie! et, comme au lac bleu
Laissant sa fange et sa colère,
L'onde se pare de lumière,
L'âme calme y réfléchit Dieu!

Savoie! ô ma mère sacrée!
Qu'à ta gloire montent mes vers,
Doux comme la fleur ignorée
Qui brille, embaumant tes déserts;
Que leur hymne, avec la prière
Des torrents, roulant leur lumière,
Elève son chant éternel;
Et qu'altier, aux âges, il vibre
Avec le cri de l'aigle libre,
Saluant tes monts dans le ciel!

AU MONT-BLANC

O Titan! qui dans ton audace
Tentas d'escalader les cieux,
Et pétrifié, sous la glace,
Gis, aujourd'hui, silencieux,
Elevant encore ta tête
Sur la nue et sur la tempête,
Qui l'assiégent de leur effroi,
Et que ta cîme altière brave,
L'Europe, telle qu'une esclave,
S'abaisse devant ton front roi (1)!

Glacier! à l'immobile houle,
Dont les flots dorment, irrités (2);
Cimes! d'où l'avalanche croule,
En tonnerres, répercutés
Dans les solitudes sauvages;
Salut! et vous, torrents! orages
Rapides ainsi que les dards
Lancés par la corde vibrante,
Et tombant, pâles d'épouvante,
Aux gouffres, en lambeaux épars!

Lorsque sur votre front expire,
Prolongeant son brillant adieu,

---

(1) The monarch of the moutains. — BYRON.
(2) La Mer de glace.

Du jour, le suprême sourire,
Alpes! à son baiser de feu
Vos neiges brillent, éblouies,
Et des splendeurs évanouies
Réflétant les derniers rayons
Sur vos altitudes sereines,
Leurs lueurs consolent les plaines,
Phares des constellations!

Aiguilles, flèches, pics de glace,
Qui, tels que le trait de l'archer,
Fuyez en déchirant l'espace,
Et réflétez sur votre acier,
Les feux ondoyants de l'aurore,
Comme des camps, brille et se dore,
Au soleil, la herse de fer,
Quel Michel-Ange, dans les nues,
Eleva vos cîmes perdues
Dans les profondeurs de l'éther?

Mont-Blanc! ainsi que des nuages,
En ton auguste éternité,
Tu vois naître et s'enfuir les âges;
Et ton front garde sa beauté,
Comme garde son azur, l'onde;
A tes pieds l'avalanche gronde,
La foudre et les vents sont ta cour,
Et du génie, ô mont suprême!
N'es-tu pas le sublime emblême,
De ton front rayonne le jour! (1)

(1) Ces vierges de lumière qui nous donnent le jour
quand le ciel même est sombre encore dans son azur d'acier.
(MICHELET, *la Montagne*, p. 68.)

AUX TORRENTS DE SAVOIE

Torrents alpestres, que les cimes (1)
Ravissent aux sources du ciel,
Et qui, d'abîmes en abîmes,
Roulant votre orage éternel,
Rapide comme la colère,
Brisez en tronçons de lumière,
Aux rocs, vos impétueux flots
Dont le pleur râle une harmonie;
Ainsi la douleur, du génie
S'échappe, en lumière, et sanglots.

Celui qui voit rugir ton onde
Peut-il ne pas t'appeler Fier, (2)
Toi dont le flot, en creusant, gronde,
Et semble descendre à l'Enfer, (2)
Et ton nom, tumultueuse Ire, (2)
Ne dit-il pas ton fol délire ?
Et vous, torrents de l'Arc (2), du Dard (2)
Comme le trait que l'arc décoche,
Ainsi vos eaux, de roche en roche,
S'échappent, fuyant au regard.

(1) La circulation de la vie, sous forme aérienne ou
liquide, s'accomplit sur ces montagnes. — C'est le réser-
voir de l'Europe, le trésor de la fécondité.
(MICHELET, *la Montagne*, p. 44.)
(2) Noms de torrents de la Savoie.

Des mers, la nuée, à l'espace (1)
S'élève, et le mont, idéal,
La fixe, à sa lèvre de glace ;
En stalactites de cristal
L'onde, goutte à goutte filtrée,
Descend dans la coupe azurée
Que lui creuse, éternel, le temps ;
Son flot s'enfle, monte, et s'épanche,
En croissant, comme l'avalanche,
Ainsi Dieu forme les torrents.

Tour à tour, l'onde, en son caprice,
Reptile, dont l'écaille luit,
Et se tord, ondule, et se glisse
Dans les vertes tines, sans bruit ;
Ou, sous l'obstacle qui l'irrite,
Se réveille et se précipite
Rapide, comme un trait, dans l'air,
Et roule aux rocs son rauque orage
S'élevant, du gouffre, en nuage,
Où l'iris darde un pâle éclair !

Ondes, sans repos, déchirées,
Qui perdez, aux abîmes sourds,
Vos voix, toujours désespérées,
Et dans votre impétueux cours,
Bondissez, plus blanches d'écume
Qu'un coursier qui, sous le mors fume ;

---

(1) Les vents d'Ouest et Sud-Ouest, chargés des eaux,
des vapeurs de l'Atlantique, du Pacifique même, font leur
dépôt, bientôt fixé au souffle du vent du nord. Pendant
tout l'été ce nevé s'infiltre de fontes nouvelles dont l'eau
vient se déposer au pli où sera le glacier. (V. cité, p. 45-46.)

Torrents alpestres! Votre pleur
Se dissipe au gouffre, en fumée
Comme l'homme et sa renommée
Dans la tombe, avec leur rumeur !

Torrents, dont le sillage ondoie,
Brillant de plus de diamants,
Que d'étoiles, la blanche voie
Qui constelle les firmaments,
Et dont, parfois, soudain l'orage
Trouble le bleuâtre mirage ;
De la vie, êtes-vous le cours ?
Hélas ! moins que vos flots, limpides,
Plus souvent troublés, plus rapides,
Comme eux, en pleurs, coulent nos jours !

AUX LACS DE LA SAVOIE

O lacs ! chantés par le génie,
O Léman ! Byron, sur tes bords,
Des flots écoutant l'harmonie,
Mêla sa plainte à leurs accords ;
Chillon entend sa colère
Contre les tyrans de la terre
Rugir, en pleurant Bonnivard ; (1)
Et, lorsque s'allumait l'orage,
Il aimait, bravant le naufrage,
Sonder tes gouffres du regard !

O lac du Bourget, lac d'Elvire !
N'est-ce pas sa voix qui gémit
Lorsque ton onde au vent soupire ;
Et quand de tes roseaux frémit
Le peuple éploré, sur la rive,
N'est-ce pas sa muse, plaintive,
Qui pleure nos brèves amours,
Qu'emportent, avec nos années,
Implacables, les destinées,
Hélas ! dans leur rapide cours !

(1) O Chillon ! tu es un lieu sacré ; le triste pavé de ta
prison est un autel, car il a conservé la trace des pas de
Bonnivard. — *Le Prisonnier de Chillon.*

Salut! lac limpide, où se mire
La Tournette (1), dans son orgueil,
Et dont le fier Lanfond (1) déchire
Le cristal, ainsi qu'un écueil;
Ton onde, à l'aurore, s'éclaire,
Scintillant, comme une paupière,
Et, n'es-tu pas de la beauté
Des filles de l'homme, l'image,
Brisant leur mobile mirage
Aux grèves de l'éternité?

Les forêts, de leurs chevelures
Penchent leurs ombres sur vos flots,
Mêlant leurs orageux murmures
A vos harmonieux sanglots;
Et, tour à tour, comme une lyre,
Votre onde, au rivage soupire,
Ou, réveillant ses profondeurs,
A l'orage, hurle sa lame;
Au choc de la vie, ainsi l'âme
S'agite et se déchire en pleurs!

Et vous, hauts lacs! ondes sereines,
Limpide miroir virginal,
Dont le front des cîmes hautaines
Seul, interroge le cristal;
Tranquilles ondes, solitaires,
Dormant au milieu des bruyères,
Et des rhododendrons de feu,
O beaux lacs! que le ciel azure,

(1) Montagne des rives du lac d'Annecy.

N'êtes-vous pas, de la nature
Les regards, qu'elle élève à Dieu ?

Quand l'orage ouvre vos abîmes
Vos flots éclatent en blancheur ;
Plus belles, les âmes sublimes
Ainsi luttent sous la douleur.
Lacs alpestres ! sur votre face,
Le sillage du temps s'efface,
Et votre azur luit, éternel.
Génie ! ainsi brille ta gloire,
Le temps, sur elle, est sans victoire,
Comme eux, tu réfléchis le ciel !

LES CASCADES

Salut, cascades en prières;
Dont, seuls, tristes, les sapins noirs
Ecoutent, penchant leurs suaires,
Rugir les rauques désespoirs!
Ainsi, des prismes de l'aurore
Aux rayons de l'astre, se dore,
Votre pleur, que l'abime endort,
Génie! ainsi Dieu se réflète,
Eclairant tes larmes, poète,
En jetant ta plainte à la mort!

Tantôt, pareils aux chevelures
Des pâles saules argentés,
Les flots épanchent leurs murmures,
Ou, comme un trait, précipités
Au sein des ténèbres du vide,
Plongent de leur glaive livide,
Le gouffre qui fuit, dans la nuit;
Et le rayon qui frappe l'onde,
Semble de leur foudre qui gronde,
L'éclair qui se succède et luit!

Tantôt secouant sa crinière,
L'onde bondit comme un coursier,
Et la pierre éclate en lumière,
Au choc de son rapide acier ;
Ou, pareil à l'arc de la pluie,
Le torrent sur l'abîme appuie
Un pont de diamant, dans l'air,
Que le vent disperse en écume ;
Ainsi la gloire humaine allume,
Et, rapide, éteint son éclair !

Parfois l'onde glisse, légère,
Et s'évanouit, sans rumeur,
Comme une ombre au flottant suaire,
Traînant sa robe de vapeur ;
Ou, menant sa magique ronde,
Tourne, aux feux du jour l'arc de l'onde,
Rayonnant ses tremblants regards
Dans les bruyères irisées,
Dont le vent éteint les rosées
En froides larmes et brouillards ?

Parfois les eaux échevelées,
Sonnant aux échos leurs clairons,
Et, précipitant les mêlées
De leurs rapides légions,
Luttent, confondant leurs blessures,
Qui blanchissent sous les armures,
Dont les vêtent les feux du jour ;
Et, rompant l'éclair de son glaive,
Le flot que le flot suit sans trève,
Râle, et croule à l'abîme sourd !

Ondes! croulant désespérées,
Et dont, seul, l'écho plaintif, suit
D'un sanglot, les voix ignorées,
Pleurant dans l'éternelle nuit,
Et le silence des abîmes;
Sourds, comme la tombe aux victimes,
Perdant leurs lamentations,
Dans la nuit du gouffre des âges;
Ondes! êtes-vous les orages
En pleurs, des générations?

LES GORGES ET LE VAL DE FIER (1)

Gorge ! aux ténébreuses spirales,
Où tombe, éperdu, le regard,
Où des flots écoutant les râles
Le voyageur, pâle et hagard,
Dans la nuit descend, nouveau Dante,
La tête ceinte d'épouvante ;
Profondeur ! où se tord le Fier ;
Et qu'en luttant, son onde esclave,
Creuse et mine, ainsi que la lave
D'un fleuve échappé de l'enfer.

Ondes ! aux roches déchirées,
Roulant au gouffre votre azur,
Et dont les voix désespérées
Rugissant dans l'abîme obscur,
Ainsi qu'aux déserts, la lionne,
Expirent dans l'écho qui tonne !
Lianes ! dont les verts réseaux
Pendent, comme des chevelures,
Et tremblent, en plaintifs murmures,
A l'orage éternel des eaux.

(1) Strophes déclamées par Amélie Ernst.

Cahos! formé par la colère,
Salut... seul, l'aigle ivre d'effroi,
Naguère, y suspendait son aire,
Et sur le gouffre, planait, roi.
Mais, de l'aigle égalant l'audace,
L'homme, suspendu dans l'espace,
Mesure du vide l'horreur,
Et, dans son extase sublime,
Ecoute les voix de l'abîme
Rugir leur hymne au Créateur !

Quel Roland fit cette blessure,
Et tailla, de sa Durandal,
Dans ces monts, où l'onde murmure,
De la nue, à l'enfer, ce val? (1)
Rochers, aux squelettes arides, (2)
Tordez-vous les Cariatides
Des fiers Titans, que le flot mord;
Ou du déluge, les cohortes
Ont-elles déchiré ces Portes (3)
Où l'onde s'enfuit libre et dort. (4)

Comme éployant leurs ailes blanches
On voit les cygnes fuir dans l'air,

---

(1) La gigantesque échancrure taillée par les boulever-
sements géologiques au sein de la montagne a mis ses flancs
à nu.
(Descotes. *Le Val de Fier. Ann. du Club Alpin* 1875. *p.* 127.)
(2) Le Fier s'échappe par une large ouverture que gar-
dent deux énormes piliers qu'on dirait taillés de la main des
hommes, tant ils sont symétriques et bien proportionnés.
C'est ce qu'on appelle les Portes du Fier.
(Ouvrage cité, p. 34.)
(3) Une fois sorti, le Fier s'étend moelleusement, comme
pour secouer la contrainte d'une navigation prisonnière. (Id.)

Des eaux glissent les avalanches
Où l'obstacle allume un éclair;
Et, dans quelque tine (1) profonde
S'apaisant immobile, l'onde,
Réflète dans son pur regard,
La voûte du ciel azurée,
Et fuit, en lambeaux déchirée,
Dont le vent traîne le brouillard!

Aire! où la pâle nuit demeure,
Et, comme l'essor du vautour,
Sur le flot, qui sans trève, pleure,
Plane, en tournant avec le jour;
Val sombre, l'onde torturée
N'échappe à tes rocs, délivrée
Que pour fuir, perdue, à la mer (2)
Par le fleuve puissant, ravie
Et tes flots roulent, de la vie,
L'orage dans leur cours, ô Fier!

---

(2) On donne ce nom à des bassins creusés dans des
rocs semi-circulaires, et qui forment des barrages natu-
rels. En tombant dans ces réservoirs, les flots s'apaisent
un instant, font miroiter sous les ombrages leur nappe
verte et endormie, puis reprennent bientôt leurs bonds
précipités.   (*Bois et Vallons* — Replat, p. 241)
(2) Mais c'est pour lui le chant du Cygne, à 300 mètres
de là, il se jette dans les flots tumultueux du Rhône, et
marche dès lors absorbé par lui, vers l'immense bassin
de la Méditerranée.   (Descotes, ouvrage cité, p. 134.)

LES FORÊTS ALPESTRES

Forêts ! où naissent les nuages,
Traînant leurs longs voiles de deuil,(1)
Et qui rugissez aux orages,
Comme les vagues à l'écueil ;
Fiers sapins aux sombres ogives,
Basiliques aux vents plaintives,
Dont une éternelle rumeur
Berce le sauvage mystère ;
Forêts, êtes-vous la prière
De la nature au Créateur ?

N'est-ce pas à Dieu que vos dômes
Elèvent leur vibrant accord ;
A Dieu que montent les arômes
Que répandent, en larmes d'or,
Les noirs sapins mélancoliques ;
Cariatides athlétiques,
Dont les efforts portent le ciel ;
Et celui que votre hymne adore,
Feuille plaintive, âme sonore,
Forêts ! n'est-ce pas l'Eternel ?

(1) Comme un puissant organe d'aspiration, la forêt
prend au passage les brumes et les brouillards épais et
tout ce qui navigue avec eux dans cette épaisseur. Elle appelle, commande ces passants aériens, les oblige à descendre. Là, le sapin est admirable. Il attire la nue de ses
poluties. (MICHELET. La Montagne, p. 214).

Sapins ! aux sombres chevelures,
Combattant la foudre et les vents,
Et dont les orageux murmures
Grondent, ainsi que les torrents ;
Quand tombent les feuilles fanées,
Seuls, en défiant les années,
Vous gardez vos fronts toujours verts ;
Et, comme les âmes sublimes,
Vos sèves luttent, sur les cîmes,
Plus belles, bravant les hivers !

Salut, arôlles séculaires,
Battus par le vent des glaciers, (1)
Aux altitudes solitaires ;
Du génie et de ses pensers,
Que frappe un éternel orage,
N'êtes-vous pas la noble image ?
Sur les hauteurs, contre le sort,
Ancrant, sur le temps, ses racines, (2)
Il brise à ses pieds, en ruines,
Les avalanches de la mort !

---

(1) L'arolle est par excellence l'arbre des hautes montagnes. Il ne craint point le voisinage des glaciers, supporte les froids les plus rigoureux, résiste par l'enchevêtrement de ses profondes racines à la violence des ouragans des hautes montagnes. La croissance de l'arolle est d'une vigueur extraordinaire. (TSCHUDI, *p.* 358-359.)

(2) Nu, comme un bon lutteur, empoignant le roc nu de ses fortes racines, il attend l'avalanche, indomptable et superbe, dressant ces bras vainqueurs et, dans ces lieux de mort, protestant, témoignant de l'éternelle vie. Ayant les siècles à lui, il ne se hâte pas. Pour qu'il ait sa croissance, il ne faut que mille ans,
                    MICHELET, *La Montagne, p.* 340-341.)

LES FLEURS DES ALPES

Elles épanouissent rapidement et joyeusement leurs grandes corolles ornées de couleurs incomparablement plus profondes et plus vives que dans la plaine, grâce particulièrement à l'humidité presque constante de l'air et du sol, ainsi qu'à l'intensité et à la durée de la lumière solaire ; traversant une couche d'atmosphère plus mince et plus pure.

(TSCHUDI. *Le Monde des Alpes*, p. 262 *et* 690.)

Aux cîmes où la nue n'atteint pas, où le sol n'est plus que granit, la lumière, plus égale, vive, intense, supplée l'aliment inférieur.

De là l'éclat étrange de cette flore toute solaire.

(MICHELET, *La Montagne*, p. 340-341.)

Fleurs alpestres, dont l'œil s'éclaire,

Plus pur, en s'approchant des cieux,

Et réflétant plus de lumière,

S'épanouit de plus de feux,

Eclipsant vos sœurs de la plaine,

Dans votre région sereine,

Qu'assiége, impuissant, le brouillard ;

Ainsi brille, en s'élevant l'âme,

Et des cieux, aspirant la flamme,

Réfléchit Dieu, dans son regard !

Tantôt votre éclatant rosage

Plane sur la foudre des eaux

Comme l'arc-en-ciel sur l'orage.

Et, frémissant à leurs sanglots,

Laisse tomber, sur leur ruine,
Une perle dont s'illumine
Votre regard de flamme, en pleurs,
Où, d'un linceul neigeux s'élance,
Comme une idéale espérance
Sur la tombe, ouvre ses lueurs!

Fleur! que seul, l'aigle de la nue,
Voit, au front des monts de cristal,
Briller et s'éteindre, inconnue ;
Es-tu le rayon virginal
D'une âme qui, luttant plus belle
Au sort cruel qui la flagelle (1)
En poésie, à Dieu seul, luit ;
Et cherche, avide, la lumière,
Par delà l'ombre, où le vulgaire
Rampe et s'étiole dans la nuit !

Fleurs des alpestres altitudes,
Dont la virginale beauté
Luit, consolant leurs solitudes
Et dont le fugitif été
Au souffle des géants de glace,
Encore épanoui, s'efface; (1)
Ainsi la poésie éteint
Aux réalités de la vie,
Sa fleur idéale, ravie
Par l'hiver jaloux du destin !

(1) MICHELET, p. 340-341. La pâle soldanelle, qu'il fouet-
tait sans relâche, livrait à ce génie sauvage sa flexibilité,
sa douceur résignée à ces rigueurs du sort.
(MICHELET, La Montagne, p. 212.)
(1) Nombre de fleurs hâtives avaient déjà péri, frappées
du vent cruel. (Id.)

DU MÊME AUTEUR

PENSERS ET RÊVERIES (Poésies de Jeunesse).
ODE A LAMARTINE (Approuvée par Sainte-Beuve).
ODE A L'ITALIE.
PENSÉES PHILOSOPHIQUES ET LITTÉRAIRES,
   avec félicitations de Victor Hugo.

www.ingramcontent.com/pod-product-compliance
Lightning Source LLC
Chambersburg PA
CBHW070304220626
46818CB00018B/2405